在迷茫与清醒之间,
给心灵找一个诗意的出路。

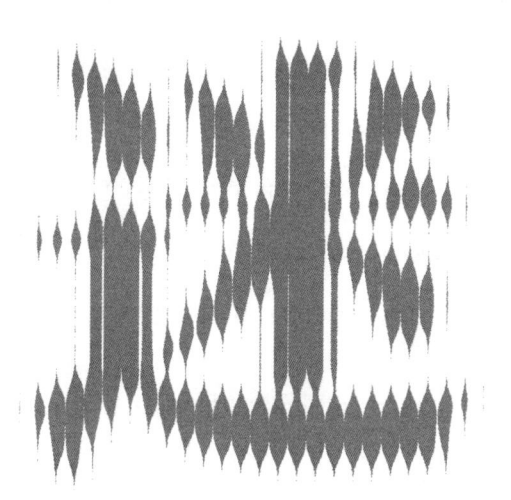

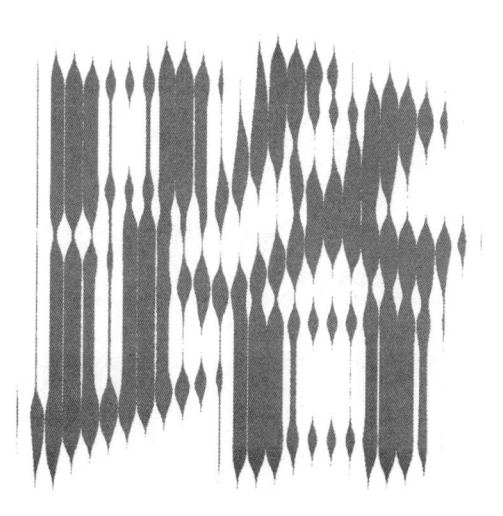

江来 著

图书在版编目（CIP）数据

迷·路 / 江来著. —— 南京：江苏凤凰文艺出版社，2022.8
ISBN 978-7-5594-6915-1

Ⅰ.①迷… Ⅱ.①江… Ⅲ.①诗集 – 中国 – 当代 Ⅳ.① I227

中国版本图书馆 CIP 数据核字 (2022) 第 108187 号

迷·路

江来 著

责任编辑	张恩东
装帧设计	观止堂_未氓
责任印制	刘 巍
出版发行	江苏凤凰文艺出版社
	南京市中央路 165 号，邮编：210009
网 址	http://www.jswenyi.com
印 刷	安徽新华印刷股份有限公司
开 本	880 毫米 × 1230 毫米 1/32
印 张	6.25
字 数	99 千字
版 次	2022 年 8 月第 1 版
印 次	2022 年 8 月第 1 次印刷
书 号	ISBN 978-7-5594-6915-1
定 价	59.00 元

江苏凤凰文艺版图书凡印刷、装订错误，可向出版社调换，联系电话 025-83280257

一个诗人诗歌景观中的精神路径（代序）
梁　平

江来的新诗集命名为《迷·路》，单从题名，便可窥见他企图通过诗歌探索、寻求、梳理生命精神路径的努力，并最终获得让灵魂在诗歌中得以安放的清醒与笃定，如他自己所言："在迷茫与清醒之间，给心灵找一个诗意的出路。"比较清晰的是，江来的诗指向微观层面的生命感悟、爱情体验及宏观层面的历史事迹和地域文化。通过抒情或哲思的方式，践行着诗人以诗歌梳理、构建自己精神王国景观的信念。

中国古代的诗歌理论早提出"诗缘情"之说，古往今来的诗人无不借诗歌这个古老的文学媒介承载、倾泻、传播着他们丰沛的情感洪流，江来亦不例外。在他的诗集中，最为显著的抒情诗莫过于他对于爱情的咏叹。爱情诗在江来这部诗集中占据了较多的篇幅，这些诗大多传承了传统的爱情题材，如《因为想一个人》一诗写的是爱情中苦苦的思念，《我该如何与你相遇》呈现的是爱情不可得的遗憾和困顿，《当你高过我的肩膀》刻画的是青春期朦胧而又纯粹的肆意,《送别蒲公英的爱情》和《不告而别的逃》再现了几乎每个人都会遭遇的失恋之痛。诗集中的爱情远远不止这几首,但不管从诗歌主题和诗歌风格都呈现出传统、古典、前现代的特征。在这些爱情诗中,用来形容爱情体验的词"孤独、忧伤、刻骨铭心、永恒、圣洁"皆属于典型的前现代的特征。而诗歌用以表达这种情感特征的诗歌意象,诗人也多选择古典意象,诸如"愁人、书窗、亭心、江南、青莲、菡萏、胭粉、妆奁"等。随意从这些诗歌中摘取几段,都能从中感受到其中所沉淀的中国传统爱情审美特性和精神情结,如"抬眼／芦花是极美的／只因她在水一处／我是自由的／只因我心存孤独"(《因为想一个人》)"蛊惑的风／将她吹去了江南／静静地躲在妆奁中／而我／却淋了一场雨／被匠人揉进泥土 烧成了砖／砌在嘉峪关的城上／每当有人从我身上踩过／禁不住慨叹／我该如何与你相遇"(《我该如何与你相遇》)"芦花、在水一处"可以看到对于中国最古老诗集《诗经》中爱情诗意象的传承,而"江南、妆奁"也是古诗中常有的诗歌意象。

当然,江来的抒情诗并不局限于爱情,诗人同时善于从各个具有自然和人文景观价值的地域发现诗意。他在"天生桥""秋思",在"漓江""得意忘形的邂逅""诗意",在"姑苏""让思绪静静地飘远",在"大理"寻找到"心灵可以停靠的故里"……在这些具有诗歌地理学意义的写作中，江来将中国具有审美价值的自然风光和具有人文价值的历史遗迹一一纳入他的诗歌版图，从中提炼出最具有代表性的历史、文化、传说、民俗、地理风貌。如"指针以白族女子最美的舞姿／将时间定格在南诏古国斑驳的墙壁……流水人家／唯有了／雪、月、风、花"（《将心安于大理》），"不管祭司诵经多么艰涩难懂／不管东巴面偶多么阴森可怖／都无法遮盖／固有的族群胎记／模糊的心灵轨迹／民族融合的演进／以及生存方式变迁的隐喻"（《万古楼上的千年遐思》），"江南的水／似西子轻捻而成的缕缕碧绳／串起那——／周庄舫／同里的退思园／木渎的虹饮山房／还有用直的三步二桥"（《江南的心结》）。这些诗歌最大的一个特点在于，诗人在这些自然和人文景观中不是走马观花，而是把自己的情感和思考带入进去。《天生桥秋思》一诗，诗人在这座建于明代可称为人间奇迹的桥边思接千载，借"桥"这一物象转向对于亘古的爱情的畅想："抬眼望／天生桥上／一位脚步匆匆的书生／消失在写意的山水之中／也许／他正赶往／洪蓝埠头／找寻／那个摆渡的女子"。《姑苏冬至等雪》是诗人在江南文化中心苏州古城因古城的静寂之美所萌生的柔软情致："我是多么想——／拾起一片雪花／将它藏进我的诗集里／总有一天／我会遵守约定／翻开泛黄的那一页／也许／跳出来的——／早已是结晶如玉的／一阕《如梦令》"。《青铜时代》通过对中华民族起源的追溯,抒发诗人浓郁深厚的民族自豪感;《李贽之死》则是对明代思想家李贽的缅怀,表达了对这位充满傲骨、人格高贵的思想家的崇敬以及对其遭遇的愤恨、痛惜。

此外,哲思是江来诗歌创作的另一重要维度,如同他在诗歌中所描绘:"他与世界的关系 / 通常是入神时思考的命题"(《攒了一堆走神的文字》)。那些对生命意义的追问,对生命情感、欲望的思考,以及对于中国古代历史确切地说是帝王史的批判与反思的诗作更加清晰地展示着他的精神路径,也使得他的诗歌作品内涵和外延都得以扩大,带给读者诗歌语境下的哲学体验。江来那些充满哲思光亮的诗歌首先体现在他对于生命自身价值、欲望的追问与审视。《镜中人生》是诗人对生命本质的观照:"真相反射成 / 虚幻的假面 / 真实与荒诞是等距的";《我是一只孤独的野蜂》,看似叙述性的语言,其实蕴含对当代人生存状态深刻的洞察和剖析:"你是生活的庸者 / 在昂贵的高楼 / 佝偻地活过 / 卑微地活过";《普吉岛之夜》是诗人在充满"吱吱作响"的"欲望"和"沸腾的荷尔蒙"的普吉岛反思人的欲望。纵使这欲望"熏得 / 四面神睁不开慧眼 / 迷得 / 众生无法开启四谛法门",诗人依旧靠冷静的思考获得"启悟",使得"续存着的理性之光与上帝之灵登场"。这些作品中,我最喜欢的还是那些关于对中国古代充满权力欲望和专制的历史进行反思和批判的作品。可以说，这些作品通过对于中国帝王史的诗性重构，撕去了笼罩在古代封建王朝身上那层因为时间滤镜而显得神秘美好的面纱，露出了一代代封建王朝专制的制度、绝对的权力下衍生的恶臭和罪恶。诗人用《天子与蛀虫》《是权力释放了人性之恶》这样直接而确切的题目旗帜鲜明地彰显自己的价值立场，而具体的诗歌内容则更为深刻、犀利。他在诗歌中揭示战争只是为权力服务、而与正义无关的本质："仁爱隐藏在弱者的心中／强者的杀伐声只为称霸而歇斯底里／与正义无关"（《在精神远游里醒来》），这也打破关于战争的英雄主义幻想。"历史总是用英雄的鲜血／喂壮改写历史的虎狼之师"（《孤家寡人的梦》），这句诗和美国总统胡佛那句"战争是一群老头子的权力游戏，却要年轻人去送死"有着异曲同工之妙。这些作品亦揭示封建帝国那些热衷权力的帝王的无情与虚伪，揭示这些权力拥有者在权力的腐蚀下人性的扭曲和对百姓的戕害："权力盘扎人性／扭曲塑型／专制主义的审美／裁剪不出历历阳光"（《天子与蛀虫》），"索性把心腾空／让权力成瘾／然后孤独／／孤独用民脂民膏点亮／无情的自我　无尽的欲望／还有无边的假象"（《他不配做一个情种》），"权力释放人性之恶／狼性　成了最高的自然法则……皇冠装饰肮脏／龙袍遮不住褥疮……欲望至上／麻木了五代十国六十帝／和命比草贱的百姓"(《是权力释放了人性之恶》)。我认为,这些具有批判性和反思性的对封建专制和绝对权力之恶发出的愤怒之声,是江来诗歌中最有力量的作品,是江来勤于思考、勇于思考的"不惑"。

因此我说,《迷·路》已能彰显出诗人向着一种自觉写作状态行进的路径。柔软温和的抒情性和理性明辨的批判性是他诗歌的两大特点。当然,他的诗歌审美维度还可以再开阔一些,可以在抵达诗歌语言的现代性之路上继续探究。我相信也有理由期待,江来能够开拓出更为广阔的诗歌视野,创作出更多、更具有现代性诗歌审美特性的作品。

是为序。

2021 年 8 月 15 日
于成都没名堂

梁平，中国作协全委会委员、中国作协诗歌委员会副主任，国家一级作家，享受国务院政府特殊津贴专家。四川省作家协会副主席，成都市文联主席。

江来：

男性，健在，四十不惑；

诗人，作家，教育学者；

闷皮，能作，斜杠中年；

木讷，纵谈，间歇分裂；

胡思，乱想，偶发癫狂。

目录

辑一 生·活

镜中人生	002
活着	003
如果时间是蓝色的脚印	004
我是一只孤独的野蜂	006
生命之泉	007
心的方向	008
清明启示	009
入土为安的耗子	011
手表	013
柿子	014
年轮	015
蔚蓝之音	017
不知深浅的鱼	019

辑二 行·迹

因为想一个人	022
天生桥秋思	024
白描	026
不醉之夜	028
晨行随写	029
微漾的幸福	031
河阳山歌	032
常来常熟	034
江南的心结	036
从最温柔处出走	037
诗意，需要得意忘形的邂逅	038
一路风景一路歌	039
迷路	040
姑苏冬至等雪	042
我该如何与你相遇	044
把你藏在四季如春的地方	047
将心安于大理	051
洱海观云	053
玉龙第三国的情人节	055
沉默不语的逗留	057
万古楼上的千年遐思	059
不是他乡的故乡	062
普吉岛之夜	064

辑三 花·语

谁的爱情不曾有淡淡的忧伤？	068
油菜花，是春天酿的蜜	069
当你高过我的肩膀	070
种你在心里	072
六月，你将爱情盛开在高处	073
像太阳那样燃烧	074
送别蒲公英的爱情	076
我喜欢	078
瞬间的沉沦	080
哪怕是永不相见	081

辑四 问·情

投射	084
诗意的隐藏	085
忆	087
不告而别的逃	089
你嫁你的现在	090
春雨	092
爱可以如此	093

我把诗意唱给你听	095
出卖与赎买	097
那样的季节	098
赏冬	100
遐想	101
心的誓言	102
逝与永恒	103
谁的泪	104
爱与不爱	105
穿过隧道的泪水	106
你的眼睛	107
梧桐雨	109
心跳	111
夜的拥抱	113
我活着，爱着	114
流浪的沙粒	115
生与死的殊途同归	116
雨花石	118

辑五 史·说

青铜时代	124
在精神远游里醒来	127
孤家寡人的梦	129
是条汉子，就把苦闷的夜凿空	131
天子与蛀虫	134

竹林是另一种江湖	136
他不配做一个情种	138
是权力释放了人性之恶	141
在豪迈中被优柔砸伤	143
悲,在画中晕染成伤	145
李贽之死	147
天山打马西望	149

辑六 哲·思

"有意义"的原罪	152
攒了一堆走神的文字	154
时间的绵延	156
四个人的对话	158
香水	159
想与不想之间	161
记住还是忘却	163
静物·夜	165
开往北方的火车	166
"不在家"的心	168
蓝血月夜	170
局外人的幸福	172
逆光	174
"意义"的追问者	176
雨季拓扑学的沉默	177
雕塑	179
荒谬	181

5

生命的活性
需要用感觉、思维和行为去建构
再用混沌、灵感和呓语去消解
然后
才可能逃出死亡的惰性……

辑一 生·活

镜中人生

真相反射成
虚幻的假面
真实与荒诞是等距的

人生成像
是反转的障眼法
手性对称
左右着意义解读的方向

人生演绎时序的同位
拯救不了生命价值的错位
平面的异化
招致失控的立体扭曲

面目可憎的
自己却又求得另一枚辟邪的圆镜
把自己驱离

能观照本我的
不在镜中　而在心里

活着

假寐垒起的高岸
是成全自由之河
还是抵挡现实的淹没

活着的舒适感
是慢性成瘾的毒品
快乐的幻觉淤积成冢
生命的流动性消退

心灵干涸
自由的河床　龟裂成已知的命脉
欲望粉饰的无知
再以未知的卜辞
昭示清晰可见的死亡

哦　活着
当需要等待死亡来标记意义时
我宁愿　掘溃堤防的守护
自由地奔流
或是澎湃汹涌
或是尘土飞扬

如果时间是蓝色的脚印

世故的快
在深沉的海面
逗留成
忧郁的云
还有蓝色的眼眸

从前的慢
尚存于心灵的海底
哪怕锈蚀无孔
也锁不住自由的钥匙
开启　青春如昨的飞翔

时间
原来是雨水一滴
看不见火的燃烧

半生
只一息轻呵
加速着

静静的思念
停在了
沙滩上的一串脚印

浅窝点点
原来是时间的低吟

你能否听得见

我是一只孤独的野蜂

每个人都想成为自己
却又穷其一生地逃避自由

生活在绝望的平静之中
唯一的不同是
以千姿百态的假面
粉饰自己的绝望而已

山花翩翩
空谷幽娟

你是生活的庸者
在昂贵的高楼
佝偻地活过
卑微地活过

我是幻想
在生命的空谷
瞬间爱过

我在
死去

生命之泉

水
是生命之泉
是自由的伸展
如今　早已被高等生命
淤塞，扭曲，然后遗忘

记忆
是挽救遗忘的毒品
所以
我们才有了回忆的成瘾

回忆
重新确证水的意义
使记忆再现
并在祭奠的幻象中得以永恒

生命之泉
在形而上的追问中
终究　还是归于灰烬

心的方向

路
穿越的不是田野
而是心间

花
芬芳的并非气息
而在情愫

游走于四野的心啊
因有童趣的陪伴
便不会
把家走丢

清明启示

雨中的火
因祭奠
在不容中胶着
滴滴答答
分明是时间在呜咽
心和双目一样浑浊

无声的言说
因叩首
在穿越中围坐
神神秘秘
终究是命运在呜咽
思与念一样疼痛

风和坟头的柳条跳动
是在给土栖的蝼蛄报信吗？

蝼蛄从枯骨中爬出
甲骨文般的纹路
在墓碑上刻下一串串问号——
古今是线性的？
生死是轮回的？
在或不再是最原初的追问？

从节气到节日
我看到三张转向的脸
祖先的面孔是　血脉
历史的面孔是　传承
他者的面孔是　人性

在死亡面前
自我迷恋该终结了
这才是生命意义的可能

野花儿在心中开放
小虫儿在叶下静安

我想
去母亲垦荒而成的菜地
种几个瓜　点几颗豆

满是土壤的气息
终使花与果香彻一片
心可清　情自明

入土为安的耗子

天黑之前
半小时的暴雨
漫进了一楼老屋灶台上的汤锅
灌满了负一楼耗子的新居

淹了小区九次的暴雨
也没能打湿
街道书记明天审阅的晨报

打了十次"12345"
也无法点赞
居委会主任朋友圈刷屏的"看海"图片

老头拎着锹
掩土挡水
老太拨打手机
万般叮嘱
关好十八楼的门窗

两只大耗子
只能望洋兴叹
没能等来批文、预算和公章

和四只翻着粉色肚皮漂出洞口的小老鼠
一同罹难
被老头一铲土
掩盖在还没做完的梦中

老太倒掉了那锅冬瓜海带咸肉汤
油花泛起色彩
终要没入土中
且入土为安

手表

每当你
戴它一天
它便别你一日
且
不负责告知你"再见"

每当你
读它一次
它便弃你一回
且
不会背负无情者的罪名

比牛皮表带更柔韧的是时间的流转
比齿轮咬合更精准的是时间的停止

若我们视手表为:
　　　　　　无名
那它会用三根针脚
将我们注解为:
　　　　　　无题

柿子

晶莹的红
熟透的软

初尝时很甜
甜得难以忘却

稍后便是涩
涩得只剩下回忆

年轮

儿时
当啷啷滚动的铁环
如今已锈蚀在渐远的记忆里

少时
加固木盆的铁箍
随着采菱的欢愉
一同沉入屋后的池塘

离村读书时
前后追逐的二八车
载着一群双手脱把儿的皮猴儿
不知摔了多少个跟头
如今
钢圈就挂在废品站的墙钩上
风一吹　哐哐作响

就这样
年少时滚动的童趣
荡漾的笑声
和不羁的青春
现已
被飞转的车轮
一圈　一圈　又一圈地
碾轧在我们的脸上　肩头和心里
长出数十道年轮

蔚蓝之音

蔚蓝
在天空与海中流转

一切从蓝色开始
一切从大海中来

没有天际与海岸线
没有历史与确然

水与想象
瞬息间翻越
写实的文字
刻在石崖

是自然之痕
是人类遗迹
是非常道

蔚蓝的声音
鸥鸟听得懂
游鱼听得懂
珊瑚听得懂

蔚蓝
是生命之音

生命本该听得懂

不知深浅的鱼

深入。海底。
是我非我的,纠缠。
不过,沉默。

浅入。海底。
非鱼乐鱼的,简单。
足以,斑斓。

点状行踪
是孤独的坐标
人生轨迹总是被省略
我想用绵延的意识
晕染出层层叠叠的感动……

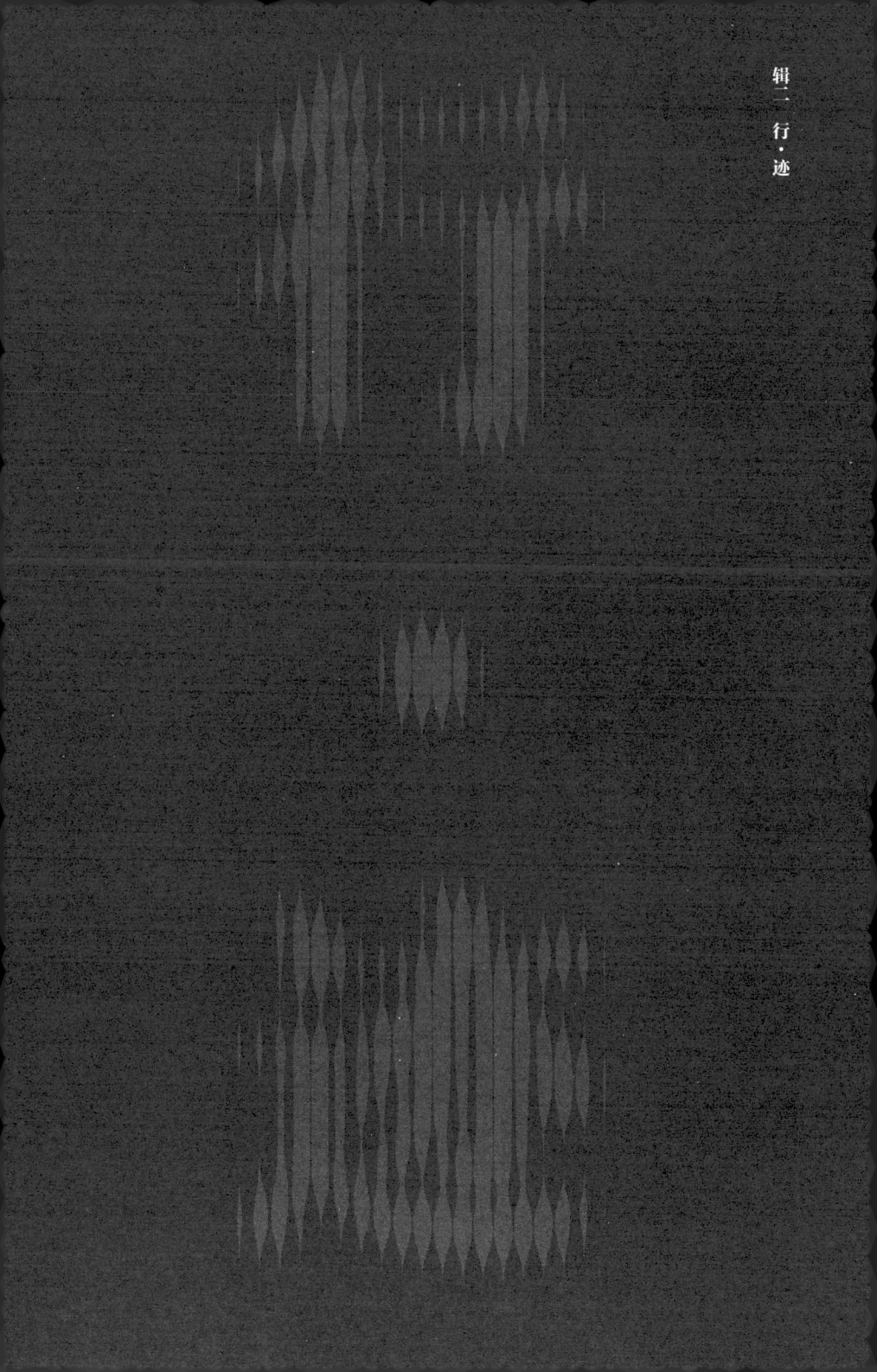

辑二 行·迹

因为想一个人

冷了
因为想一个人

背影是真
人是假的
苦是真
烟是假的

弹开
繁花散尽
燃起孑然的火
虚实 明灭 沉浮
埋入乌龙潭
是否
宛在亭才有了读书之声

抬眼
芦花是极美的
只因她在水一处
我是自由的
只因我心存孤独

月升
倒影在水
却不见亭心
此刻
你还是你
我还是我否

终日
手握一卷
却只念得一句：
"愁人正在书窗下，一片飞来一片寒。"

天生桥秋思

风的一声叹息
窸窸窣窣的落叶
便铺满了整个秋天

每走一步
心中
忍不住默数着
一片片细碎的光阴

落石一枚
跌入胭脂河中
激起的水花
弄湿了从泾县载来的澄心堂纸
倒也晕渲出历史的清与浊

抬眼望
天生桥上
一位脚步匆匆的书生
消失在写意的山水之中

也许
他正赶往
洪蓝埠头
找寻
那个摆渡的女子

白描

雪
在天地间
撑起了一张稷山竹纸
簌簌几笔
周遭皆素净若止

铁线
兰叶
颤笔水纹
高古游丝
每一笔
并未落在雪地
而是入了我心
我心又入了你的画里

怎奈
我
在你心中
如景在雪中
为何都成了一幅白描？

除了黑白
便不再有其他色彩

也许
如你所思——
只留真意
不要粉饰
溢彩只是流光
黑白才是恒长

此景
不比《湖心亭看雪》
此心
更不比石公卓然
但
天 云 山 水
上下一白
长堤一痕
余舟一芥
湖心亭一点
终将
归于同样的痴

不醉之夜

我在北京后海
距你遥远的南山
就着一杯一杯的音乐
想着传来的温暖
总该
有点醉意了吧

晨行随写

匆匆晨行
纵使背离了所谓的色彩属性
但在吴中
景
可举目成画
心
亦随其成画

溢彩的苏州河
灯影模糊
却听不见桨声
也许是
舟女尚在梦中吧

醒来吗
不
不是她不愿
而是我不愿
因为
她是要将生活映入水中
我是要将生命刻入时光之中

扇面一折
没有爱恨情仇
也没有生离死别
只有一问
与谁同坐?

别乘一来
墨迹未干
只一摇
便风干了遐思
远处似闻听东坡的唱和:
"清风明月我"

微漾的幸福

水釜城中微漾的水
和着童趣的一蹦一跳

幸福从湖心升起
早已溢出了古堰梅堤
在夕阳中
醉了

河阳山歌

仲秋
忆凤凰山下
河阳山歌

嗯唷
斫竹
其声铮铮
嗯唷
凤鸣
其音嘤嘤

有人说
那是先民的劳动号子
有人说
那是以乐通神的图腾清音

与我而言
过三桥
踏八步
追月
祈福

这就是
心中最动人的律动
因为
童趣的张力
足可以撑起五彩的泡沫
让每个日子
饱满得
不止为生
也不止为活

常来常熟

小窗
素手
微风
大山石房的书声

侧耳
清泉一勺
可曾听见
严徵
醉时拨弄的
清、微、淡、远的古琴雅音
顺木楼梯
悠悠而下
熏得芭蕉
摇曳着
层层叠叠
掩饰了
时光的蹉跎

虞山半城
尚湖一掬
梦见
返璞归真的
你
和
我

江南的心结

江南的水
似西子轻捻而成的缕缕碧绳
串起那——
周庄舫
同里的退思园
木渎的虹饮山房
还有用直的三步二桥

我想
在心中
和记忆
系一个结
锁住那小桥流水　粉墙黛瓦　青石窄巷　绿树红花
尤其是沁人心扉的木樨花香

闻
只一下
便领悟黄鲁直此般的
灵犀通达

从最温柔处出走

秋荷几扇
芦苇微荡
心存一圈涟漪
无需寻那惊澜
点墨　寸心　出神
一花　一世　馥芬

这就是
温柔的水乡
可以忘记时间的
地方

是谁说
水乡过于温柔
找不到一条可以修远的路？

水乡可张帆
温柔亦能棹桨
如石农的篆刀
在心头刻一枚
自我砥砺的闲章
然后
驶向星辰大海

诗意,需要得意忘形的邂逅

漓江的水
正酣畅地流淌
管它昼或夜
得意忘形就好

我的诗意
正恣情地落笔
管它长与短
忘乎所以就好

一路风景一路歌

飞流直下的
不再是太白的愁绪
但在九曲八弯的黄崖峡谷
随处都可听见
秋浦歌赋

迷路

饮绿
一抹令躯体通透的纯粹
你可以
在经验的世界里撒野

越界
半分让心跳暂歇的狂癫
我可以
在灵魂的世界里超越

市井的情愫
被冲进一杯拿铁
细微的泡沫常被忽略
因为拉花的漂浮
心
甜在表面
念
沉在杯底

老宅巷口的蔷薇
探出粉色的笑靥
运河码头的号子

在石板路上刻下
汗水与尘土的垒叠
一瓣瓣粉饰
一层层剥落

你说
这是凝望远方的
一口窗

我说
这是装梦入画的
一副框

一杯咖啡
两种世界
在小河直街
喝出迷路的感觉

姑苏冬至等雪

已经积压了
好几个节气的寒意
也没能将心
逼至零下

跳动
如欢跃的麻雀
一会儿跳上墙垛　树梢
一会儿落在溪边　石桥
原来
这厮完全领悟了冬藏的哲理
它是想把春、夏、秋
都存贮在最后一季

都已冬至了
不疾不徐的雪啊
你会如期而至吗

等吧
是天在等
还是我在等

叽叽喳喳几声
倒是让思绪静静地飘远
今夜
兴许
雪
就落在
姑娘的发梢
还有姑苏的桥

我是多么想——
拾起一片雪花
将它藏进我的诗集里
总有一天
我会遵守约定
翻开泛黄的那一页
也许
跳出来的——
早已是结晶如玉的
一阕《如梦令》

我该如何与你相遇

渡口
寻不见归来的桃叶姑娘

风说
团扇　扇走了桃叶的含情脉脉
雨说
笔墨　留下了王郎的情意绵绵
如今
不知他俩还能在何地相遇

无法追随他们的爱情
我只好选择
出走

逃离
江之南的屋顶
遥望
河之西的山巅
一个是一片黑
一个是一片白

千里之遥的差异

总该有一场刻骨铭心的相遇吧
可是
我始终没能遇见你
原来
是我
无视祁连山的雪
错把张掖当江南了

也许是长睡千年的大佛
实在看不惯　我这凡夫双手合掌的扭捏
于是轻轻抖动袈裟
一团灰尘扑面而来
呛得我掩面而出

当我放开手时
有如顿悟
参透了你与我的心声——
你想
做一颗融于笔墨中的碳素
我想
做一粒洒落在团扇上的胭粉
你说
你是一粒尘埃
我说
我也是一粒尘埃……

蛊惑的风
将她吹去了江南

静静地躲在妆奁中
而我
却淋了一场雨
被匠人揉进泥土　烧成了砖
砌在嘉峪关的城上
每当有人从我身上踩过
禁不住慨叹
我该如何与你相遇

试问睡佛
佛已睡去
且千年不醒
于是
这便成了永问难明的
不解之谜

把你藏在四季如春的地方

1.
找个四季如春的地方
把你藏起来

这里有
碧映丹霞的滇池
可以涤荡久在尘世的朦胧

这里有
苍烟落照的西山
可以静听空灵不执的孤钟

这里有
鸥飞燕舞的翠湖
可以衔走韶华易逝的倥偬

这里还有
奇峰如笋的石林
可以寻觅三世真爱的影踪

而你
偏偏钻进蝴蝶谷

幻作一尾蓝凤蝶
似孤芳自赏的舞姬
风致独翩翩
美美不与共

待你极力描摹的浅蓝眼影
再也遮不住深蓝的忧郁时
你才会收起疲倦的翅膀
栖息于山茶花心中

2.
一个彝族依扎嫫
折了这枝令你梦甜的雪皎
带回了迷宫一样的土掌房

眨眼间
粉嫩嫩一株
惊艳在屋顶的晒场
氤氲了一片丰收的土黄
藏都藏不住

3.
角落里的东巴手鼓
尽显岁月的婆娑
鼓面上
落满不懂音乐的尘土

离家已远的你

并不在意
慵懒地伸伸手脚
旋即轻盈地落在其上
咚哒咚
恰是应和了心灵的律动

谁能想到
只要
一束光的眷顾
你便与飞尘
翩跹起舞

几羽忽闪
随意敲出的一瞬间
足以让我将痴迷毫无保留地播种

4.
就在这一瞬间
才发现
你就在我身边

从此
我再无需
把你藏进难以言说的隐衷

因为
在歌声中
你已经历第五次蜕变

蝶化成了阿诗玛
直至
将爱情石化

从此
你和我
没有了惶恐
没有了苦痛
心
终究归寂于从容

将心安于大理

　一路向西
在大理
冬已至　春不离
指针以白族女子最美的舞姿
将时间定格在南诏古国斑驳的墙壁

停止
哪怕仅一时
也总该将迷茫的灵魂与躯体
装进归零的行囊
接受四季如一的洗礼

此刻
四下静谧
流水人家
唯有了
雪、月、风、花
这足以令人饮下
一杯愁绪

忆起
还是忘记

醉深处
梵钟作歌
晚风载舞
汲水当醇
顿首邀月
我
可否
将终年的离索遥寄

有谁愿告知
大理是否是
心灵可以停靠的故里

洱海观云

苍山
绾起一卷
洱海的云

只一摆水袖
皆是盈盈若舞的情思
或是浓若重彩
或是淡如轻烟

我想把你写进诗中
用深情相拥的修辞
如此
你
可否不再转瞬即逝

风起
乘一叶小舟
无帆
双桨
其声悠悠
飘至
天心、湖心和我心

最终
都掩映于云影中
辗转徘徊

定慧间
似乎领悟
用心观之
没有一朵不是自在

玉龙第三国的情人节

纯情
如玉龙雪山雪
洁白
像糖一样的甜美

悲情
如蓝月谷中湖
碧翠
似冰那般的彻骨

温情
如丽江古城水
萦回
又暖无痕的柔媚

痴情
如云杉坪上云
缱绻
是泪在心的无归

情有多种
为何第三国之爱
才是完美

我相信
用一生的守护
才是殉情的初心不悔

几匹牧马漫步
清脆的铃铛响
愿我们都没有惊扰到
安息于第三国的
有情人

愿他们
不再有凡世的是是非非

沉默不语的逗留

马帮的蹄
踏出凹凸不平的历史记忆
茶马古道的悲壮
被波珀封存进纳西的古乐
揭揭厚重被一次次祭礼

雪山的水
穿过冷暖自知的游子心灵
浪迹天涯的感伤
被吉他拨弄成街头的单曲
悠悠清愁被一次次忆起

沿着玉泉河
抚摸着令人神思游离的东巴文
脚步数着青石板的悲与喜
我
走进丽江古城的心里

楼上的青藤
是青春的伸展
路边的鲜花
是无悔的绽放

溪中的倒影
是心性的沉寂
所有的历史与现实　恣意与归隐
最终
在四方街休憩
热美蹉舞起
神秘的圆圈驱走孤独与恐惧

翻开一张莨花老纸
试图将时空的交错和心灵的碰撞
用一些发呆的句子加以调节
却比不过酒吧传出的民谣
和一只生锈的风铃
混搭而成的惬意

索性
将诗撕得粉碎
顺着立春流走

不知能否
借由小倩的手
敲出沉默不语的逗留

万古楼上的千年遐思

1.
狮子山上
一个信仰把千年的悲壮、沧桑和荣光紧握
饱蘸文笔海的一池神秘
在玉龙老纸上画出万物有灵的图腾
或是老虎、栗树
或是白石、牦牛
或是一只金黄大蛙

不管祭司诵经多么艰涩难懂
不管东巴面偶多么阴森可怖
都无法遮盖
固有的族群胎记
模糊的心灵轨迹
民族融合的演进
以及生存方式变迁的隐喻

2.
天蓝山黛
古柏林中
一曲古拙的口弦响起
难道是——

为洪武帝赐姓木氏而庆贺
为徐霞客登门做客而欣喜
为改土归流的敕令而错愕
为丽江地震而辟踊哭泣
为木府重建而感动不已
为忠义牌坊前小桥流水的静谧
为大研古城里瓦屋栉比的栖息

3.
如今
远古的神话
木老爷的醉意
万古楼的史诗
千年的情歌
和慵懒的酒吧
都藏在十三峰的石头里
被冰川覆盖

总有一块石头
不愿在冷峭中横躺
它要像岩浆那样滚烫
直至如天体般流浪

4.
其实
它就是在等待
等待气力消尽的时刻
可以从天而降

火球
在每一个浮躁的心上
烙下四个烫金的大字——
天雨流芳

原来
用血淬火
可以让遐思
更深更远更宁静

5.
口弦琴奏起的颤抖
把遐想
定格在石板路上
我终于可以
席地而坐
用键盘摆弄起
传说、历史、现实
还有解构了的自己

不是他乡的故乡

游走在西双版纳的寨子里
禁不住把流浪在外的空寂全都隐去
我
已将他乡当作故乡

不是因为这里
结了芭蕉　熟了杨桃
也不是因为此处
满眼翠绿　冬日暖阳

而是因为
一个流淌着乡愁的地方
就是你我心中的故乡

其实
所有的故乡大多一个模样
那就是：
一个能让我们记住回家之路的信仰

如佛堂外的千年菩提
可以为迷路的小沙弥
指明方向

凝视一枚菩提叶
诸多叶脉
不知延展至何方
但其心形叶状
足以让历经尘世纷扰的背影
不再流浪

信仰
让我在菩提树下
静静观想

从不是故乡的他乡
回到不是他乡的故乡
渡口
不在菩提树
而在菩提心

拾起一粒菩提子
从此岸一直种到彼岸

普吉岛之夜

暗红的火
烧烤着人性
欲望吱吱作响

沸腾的荷尔蒙
假以忧郁之名
跳着鬼魅的舞
幻作蓝烟缕缕
充斥每一条燥热的街巷

熏得
四面神睁不开慧眼
迷得
众生无法开启四谛法门

子夜
游走　踏出的一路独白
走了一程左行车道延伸的空荡

醉思
上头　握紧的一手清愁
饮下一杯泰象啤酒浮沫的狂想

归途
回首　心系的一丝流连
抽了一支七星蓝莓升腾的虚幻

启悟
启悟无明烦恼的破除
找寻
找寻灵魂流离的弥合

转角处佛龛
未灭的十二支香
续存着的理性之光与上帝之灵登场

炭火苟延
霓虹奄奄

欲望
是欲望的纵火者
而
自己
才是自己的皈依处

花已开过。四季
以各自的色彩叩问
天地 笑而不语
沉默的是我……

辑三 花·语

谁的爱情不曾有淡淡的忧伤？

我想植一株寒绯樱
陪伴着过往和现在
然后　长成千年的守候
纵使是孤独的等待
以及淡淡的忧伤

我相信
再冰冷的美
也需要温暖的唤醒
再短暂的心动
也渴望在长情里徜徉
再孑立的理性
也会为爱情的绽放而怦然

我有和煦的痴迷
我有恒久的依恋
我有持枢四时的
觉知　在每一个春天
我想让可能的爱情
开出浅浅匀红　浅浅微笑
开出喜马拉雅的圣洁

油菜花,是春天酿的蜜

是蜜蜂把你叫醒
打着哈欠　春天就从梦里起身
温暖铺满一地

三月和记忆　总是被你占有
香气是颗粒状　像极了童年咯咯的
笑声　金灿灿地蔓延在乡土
从田间到心间

如果　能在每个春天的甜蜜里跳跃
我答应你　我一定会采集更多的阳光
酝酿出更多的率真
还有更多的柔软

当你高过我的肩膀

你总是喜欢
靠在我的肩膀　哼着朦胧的旋律
像极了校园东南角那株
蔷薇花　每到五月便倚墙飘香

歌曲是关于未来的隐隐不安
蔷薇是关于记忆的花开满墙

我在贪恋里　推演生活的真相
确定性一把掐死了青春的心跳
情理之中被意料之外狠狠地掌掴
假面下　声色虚无
根系在黑暗里　向更深处伸展　不顾一切
春心因泥土的呵护而肆意荡漾
暖风中　花枝招展

歌曲是关于隐隐不安的期许
蔷薇是关于花开满墙的过往

当蔷薇高过我的肩膀时
你能否答应
将你的红唇　吻向天空
然后　一同约定
不再在乎冬天的孤寂

种你在心里

初识之季
栀子花开
嗅着花香
心中生出
一宿牵挂的根芽

相爱之时
白兰花开
淋着小雨
默默滋养
青春携手的枝丫

热恋之后
青莲花开
远观菡萏
自性生发
毕生超脱的净化

以后的以后
看不到花
忘了自己
却已将你种在了心里

六月，你将爱情盛开在高处

你是一个羞涩的女子
却又渴望　将爱情盛开在高处

无数次　不可预知的试探
柔弱的出击
恰恰是悄无声息的胜利

柔弱　是美丽的盔甲
有几人的坚强　不是被柔弱捕获

空气和雨水击掌
祝贺夏天的力比多
六月的牵牛花也有自己的疯狂
一夜　你终于高高在上
紫色的喇叭裙
是风中爱情的盛开

像太阳那样燃烧

若是春天到了
我想　先种下一地向日葵
它有挺拔的高傲
它会打开天空的蓝
和地里的歌声

若是秋天熟了
我想　先摘下一个花盘
它是托举的张望
它会收获几何的抽象
还有生活的饱满

若是冬天来了
我想　先捧上一盘瓜子
它是开心的钥匙
它会打开很多人的秘密
和整个冬天的话茬

至于夏天
早被它　藏进绚丽的星辰
它是与太阳一样炽热的火焰
它是比内心更加悸动的激情
燃烧　以橘黄的火焰
吻向生命的画板

送别蒲公英的爱情

晨光与你一样清瘦
擎一把黄白花伞的
姑娘，唤醒暖阳
挣脱泪水和红尘的缠裹
最后的眷恋　于倒计时中张望

我从月台的尽头现身
张开迟疑的臂膀
拥你入怀
紧闭双眼，假装视而不见
最终　还是确认了你的决然

哨声准时从伤口响起
风终究撕开花伞
以自由之名的别离
掠走一颗，两颗，三颗……
爱情的种子

躯干枯槁
低头成晚秋的问号：
你，为何要随风而去？

平行的轨道
加速成更多的悖谬:
一颗心,怎能追上无数的你
还有　停不下爱情的
是你,还是我?

我喜欢

我喜欢远眺
天地间　山雀唧啾
枯荷静默　我可以拥有一池净洁
如山雀　拥有整个天空的自由
冬去春来
一叶新荷侧耳听风
湖是空落落的

我喜欢内观
从看得见的到看不见的
深究　在物与我的分际
理性的头颅驾着欲望的耻骨出走
半生归来
一切皆回到平衡义利的原点
心是空落落的

我喜欢追问
在历史和现实的舞台
自知与无知交替登场
一幕幕关于事实与价值的
悬而未决的推理剧
古往今来

最后　都被演绎成纠缠不清的情感戏
意义是空落落的

我喜欢臆想
在黑与白的梦境　无目的地
浮沉。我知道
我的文字似漂浮的莲子
沉不进孕育生命的水底，那就
从头再来
捡起几枚属于我的词句
埋进出尘离染的纯白，然后
结为拼死的血痂
纸张是空落落的

瞬间的沉沦

身体从悬崖泻下
心灵在深潭边缘仰视
中心是美丽的偶遇

一朵云飘现
惊喜是　洁白
入梦。梦里
两个灵魂　倔强
明明是切切于心
暗暗又格格不入

颠倒黑白的美丽
这是秋夜最短的故事

昙花一现
在瞬间　即永恒
用情最深
总在浅处沉沦

哪怕是永不相见

半世蜷缩的人
捧起石化的头颅
思绪如斧
劈开禁锢的水牢

欲望放跑了盗火的囚徒
毁灭一切井井有条的假设

顽石沸腾
洪水决堤
心在无序中喷发　翻滚

火与水结盟
裸露大地的真相
连衣裙般挂在云朵
沿着青峰的弧　落下美丽的一荣一枯

水与火拥吻
岁月的草木　成灰
堆成一座孕育的山丘
谁不想栖息于此　种下今生
哪怕荒芜
哪怕只开出　彼岸花一株

一直如此
爱情,是惊叹的开始
然后
以问号作结局
兴许就是最好的答案……

辑四 问·情

投射

穿过夜空中的爱
如射灯一般
看得清起点
却终归于
远方的迷乱

虚化的
光
拉长的不是影子
而是
看不出面庞的灵魂

诗意的隐藏

隐于林中的一株鸢尾
躲在云后的半边彩虹
是淡香沁于心
还是七彩衍于天际

你
是我的另一面
还是书写我思的独白

我
是你的后半阕
还是拨动你的序曲

共鸣
是彼此的和声
能否演绎心结的断舍离

躲藏
是为心跳留白
消隐
是让梦境久长

我总是相信
有一本诗集
可以兀自绽放
可以折射希望
可以癫狂如酒神
可以静穆如太阳王

翻开
远在远方的是实有
合上
近在近处的是虚无

意义
是否本该在思与在的哲思中
隐藏

忆

思忆　越来越强烈
记忆　却越来越模糊
回忆　兴许能弥补时间的流逝
追忆　能否赶上忘却的加速度

当
思忆　记不清你的脸
记忆　想不起甜蜜的片段
回忆　忘记了许下的承诺
追忆　也挡不住心灵在泛黄

我
终于明白
你想要的不过是
一丝梦想　浅浅的思念
还有偶尔可以靠靠的肩膀

你想送我一支笔
但愿它如我爱抽的烟
既能留住诗意
又能化解我的忧愁

我想送你一首歌
但愿它是你的红酒
可以添加醉意
也能唤醒彼此的相忆

不告而别的逃

在风中
你叫我稍作停歇
在雨里
我与你仍需言别

再见　裹紧了再也不见
告别　隐藏的不告而别
跳上单车
剪开风雨交加的路
抽刀断水的逃亡
生怕被泪水追上
打湿了
紫色毛衣的温暖

从此
注定往事在雨中升腾
虽不如烟
却熏得我早已
泪流满面

你嫁你的现在

儿时
我曾许诺
骑着竹马
把你迎娶

而今
你却独自
折了青梅
别我而去

青梅煮了酒
诺言
敌不过一瓢饮的殊途
时间瘦下来
爱情
经不住一箪食的给养

为了当初的心不再沦落
我用马鞍驮走所有的
懦弱　把心里想你的每一个字
留在哑马走过的
辽阔

不会寂寞的。我和自己唱着
一首歌的生活：
你嫁你的现在
我娶我的未来

春雨

春
用她粉嫩的手指
轻叩我的心窗
我急切地打开
迎她进来

她给了我一个绿色的吻
激动得　我无言以对
我给了她　所有久别的温存
感动得　她留下了滚烫的泪

春的泪
已不再是冬雨那般的寒冷
春的泪
是一种渗透我心的永恒
爱
的
永
恒。

爱可以如此

爱与喜欢
是一个永恒的话题

你说
喜欢　好比观花人之于花
以把玩占有为目的
爱　恰如养花人之于花
视呵护珍藏为己任

我说
我既不想做一个
走马观花的欣赏者
也不想做一个
金屋藏娇的养花人

喜欢
如人与花的关系
隐藏着某种不对等
爱
如花与花相伴
注定要平等以待

因此
如果你是一朵花
我愿是陪在你身旁的另一朵
春风吹来时
我们清歌妙舞
花繁叶茂时
我们便可相拥
秋风萧瑟时
我们倒伏取暖
冬至凋零时
我们根脉纠缠

我把诗意唱给你听

心
行走的脉络
一圈又一圈
是年轮般的承诺

岁月
经过的春夏秋冬
一曲复一曲
是唱不尽的青春如歌

若
灵魂从时间剥落
没有心的动力和爱的权利
哪来的千里之外
哪来的花香自来

我
想
不管内心何时忘记诺言
不管往事怎样不再如昨
也要
把仅剩的诗意

唱给你听

从我的心到你的心
在时间里

绝不离去
绝不离去

出卖与赎买

黑色的眸子啊
不再有爱
泪水模糊远方的期许
用情成无情的等待
不该迟疑
我需要来个痛快
奈何
过去不去
灵魂被自己赎买

透明的心啊
不再有爱
热血看穿刺刀的诡计
温暖成冰冷的伤害
命中注定
我需要一场殉道式的搏杀
奈何
现在不在
怯懦把自己出卖

那样的季节

那样的季节让人怀恋
因为记忆中
那时的心从未改变

我曾用菊花的金黄
在画板上涂抹秋天
而今　时间用无色的色
摩挲着我的心灵

我说　这是不变的变
能够妆点你的容颜
你说　这是无情的情
足以抚平我的疲倦

那时的季节让人怀恋
因为　现实中
凝固的心难以改变

我用绚丽的颜色
描摹着你曾经存有的空间
祈求再次触摸到你的轮廓

纵然冰冷
也能让心有了着落

我用真爱的本色
奢望定格永不停息的时间之流
愿那样的你,那样的我
永存于那样的季节

赏冬

冬
你为何这般寂静?

那渐渐昏沉的
是否是你历经沧桑的脸?
那微微跳动的
是否是你冰冻的心?
那曾经望穿秋水的
是否是你干枯的眼?

你的眼
已不再流泪
因为
因为泪水早已结成了冰

遐想

那儿
淡白色的一片
是霜
好似小女子
昨夜
偷偷施的粉一般

她那可人的面颊
见到我时
为何红了
也许
是让清晨的阳光
把她染成了这样

心的誓言

两颗心
充满沸腾的血液
跳动于灰色的天地之际

从落阳的方向
袭来阵阵凉风
呈现着浓浓秋意

风卷起些许纤尘
飘零片片枯叶
漫无目的　漫无目的　漫无目的

两颗心紧紧地贴在一起
依然向天宣誓：
永不别离
一颗心感动得流下了一滴热泪
模糊了另一颗心的整个世界
永不放弃　永不放弃　永不放弃

逝与永恒

白的纸
黑的字
承载着心灵最为素净的宣誓
爱你一次即是永恒
因为我的生命转瞬即逝

短暂的旅程　漫长的苦等
描摹出时间最为深刻的记忆
爱你一次即是永恒
只缘我的生命如烛泪一滴
裹着炽热的心　慢慢凝固
静于此
止于斯

谁的泪

昨夜
浸透我梦境的
是你的泪

今晨
清醒的我
却忘了
你是谁

爱与不爱

爱
与不爱
只差一字

可见
他们相距
并不遥远

穿过隧道的泪水

一辆辆首尾相衔地逃跑
将黑暗加速成泪水
涌进孤独的隧道
狰狞地将仅存的眷恋推进
江底
与两旁浑浊处
融为一体
浑浊得
让心寻不着出路

一路沉闷的马达
眼泪在跳舞
表情更加沉默
体温直下
风干了一条冷血的鱼

有多少人
屏住一生的呼吸
是为了浮出水面
喘上一口气息
自由
只能是自己的泪滴

你的眼睛

我看过你的眼
它像秋季林子里结出的野葡萄
凝视着远处的稻田
两种气息交织一起
弥漫在薄雾中凝成露珠
幻化出美酒的香甜
以升华的生命验证着
水也能燃烧

我看过你眼中的泪
你用它言说着心中虔诚的祈祷
徘徊在圣索菲亚大教堂
你将拇指伸进"哭泣的石柱"中
慢慢转动一圈
然后给我一个拥抱

猜不出你许了什么愿
只见你眼中噙着泪水
嘴角却漾起淡淡的微笑
让我顿悟
哭着可使笑变得更有味道

我看过你眼中的我
它以湛蓝的色彩描摹出我的面貌
不敢正视眼中的自我
只有仓皇地遁逃
宽广如海的你的眼
只几滴泪水
便模糊了我的容颜
原来
泪水证实了我的渺小

我看过你的眼
纵使仅倾诉着一时的绸缪
这足以令我终生留恋
我无以回报
唯有将你藏在心中
直至终老

梧桐雨

走在同一条斑斓的街
却走向两个不同的世界
一个世界是梧桐雨
那里有间红约紫的梦
一个世界是生死劫
那里有永不再来的等

梦里
我把最柔弱的心
挂在最高的枝丫上
若风吹
心愿像雨一样飘落

等时
我把孤傲的头颅
贴在湿漉漉的马路
你若走
请把我踏成梧桐叶那般的单薄

其实
两个世界里
总有一叶使我不能理解
因为
梧桐不是雨
叶落
它未燃烧
我已化为灰烬

心跳

初见时
我站在远处
静静地看着你
其实我早已
用心跳爱上了你
这
是不是一种悸动

别离时
我躲进树影
紧紧地吻着你
此时我只能
用心跳送走了你
这
是不是一种牵挂

天冷了
我陪在身旁
深深地拥着你
一生我最想
用心跳温暖着你

这
是不是一种期盼

梦境中
我掉进黑洞
惊惧地寻找你
此刻我只想
用心跳呼喊着你
这
是不是一种召唤

夜的拥抱

今晚无光
我想成为黑夜
因为这样
我心爱的人
就可以在我的拥抱中
安然入睡

我活着,爱着

害怕
记忆变成回忆
于是
我用夸张的想象与浓烈的期盼
来拼命抓住时间的尾巴
试图让生命与爱情
永远活在当下

鄙视
行动缩成心动
所以
我用癫狂的话语和亢奋的举止
来竭力改变空间的维度
保证使情感和本真
永远由心而生

流浪的沙粒

我
是自大海而来的
一粒沙
带着海神禺虢的启示
走在西行的路上
来找寻前世的缘

我不是鱼
不能摆动尾巴
逆流而上

我不是鸟
不能挥动翅膀
迎风翱翔

是你的百褶裙
自海滩吻过
把我装进了你的衣角
从此浪迹天涯

生与死的殊途同归

一轮冷月
我前思后想
放肆地叫嚷
渴望心的温度
冥冥上苍　终是不见火焰
只因死亡无法燃烧
温暖　唯有杜康

十字路口
我左顾右盼
迷失的沉默
追问心的方向
冥冥上苍　终是没有答案
只因生命无法计算
答案　依旧两难

生的崎岖与死的安然
一个是无休的占有
一个是静止的完满
皆为欲望同质的两面

一化万物
让虚幻的幽灵粉墨登场
万般归一
现实的人生何其难堪

而我却要为此歌唱
因为
杜康自醉
两难不难

雨花石

你是谁
我是谁
我们如何交汇

我说你是出水芙蓉
欲以展示你的美丽

你说我是浴火凤凰
渴望获得我的重生

水与火如何相伴相随？

在针锋相对中
化为灰烬
在冥冥之中
变成泥土
经历岩浆的炙热熔炼
再一次走到一起
这才有了
泥土中我们千年的叹息

千百年来
我凝望着你
泪水
滴落你的心中　似苔点
流于你的经络　如线描
融入你的血液　同渲染
成了一幅空灵的水粉
一点点
一圈圈
一面面

有人说
这是一颗雨花石的妩媚

点　如甜言蜜语
有情有义
如此令人陶醉

圈　如行云流水
虚虚实实
这般富有韵味

面　如灵山仙境
或浓或淡
如此叫人心驰神往

其实
这是两颗心的融会
点　是一个个缘起缘灭
圈　是一道道伤痕累累
面　是一次次生命的轮回

这一次轮回
我要与你永恒
不分你我
因为
我将用我的重生
去呈现你的美丽
坚硬的石头
衬托了你雨花般的柔美

雨花石的故事
很美
我们的故事
一样很美

从历史的帷幕中
抽取几许纤丝
用只言片语
打几个自以为是的结绳
一只猫头鹰栖息于此
瞪大着眼睛……

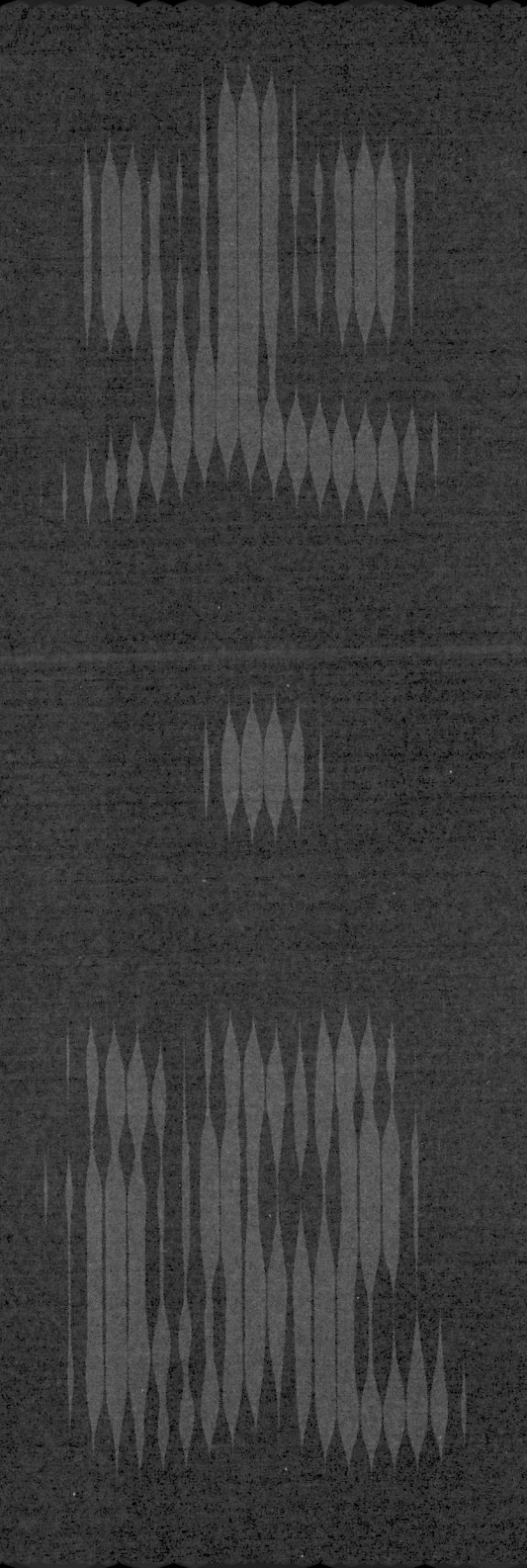

辑五 史·说

青铜时代

用移情的方式
打开一夜思想史
漆黑的封面
终究无法遮蔽
通向灵性的震颤

火
是驱逐芒荒的
舞动　在黑夜
火
是点石成金的
融化　在黄土

鼎成
礼出
陶范
碎了一地
中心意识埋进垒叠的文化层
家天下即为国天下

二里头网格纹鼎和三星堆青铜立人
顺着江河

扭成原初中华的血脉
绵延不断
蓝锈色的侵蚀
终究不能动摇一统的信仰

个体的隐藏
换来神性的超越
铭文攥着血脉符号的刻刀
在子孙的谱系
写成家国情怀

我当然知道
有多少智者和勇士
让渡了人之为人的生命价值
为的是　众行致远

我愿如此界定
青铜时代终结于中华第一剑

终结不是消亡
而是新时代的燃烧
因为

百炼成钢的王道
拒绝霸道与媚骨

我把历史的炉灰翻遍
寻找一个民族的生存　属我　掌控
但现实太需要一根火红的烙铁
去惩罚数祖忘典、历史虚无和行尸走肉之徒
这其中，有你，有我……

在精神远游里醒来

春冰
被周幽王的烽火烧成　凶险的美丽
平王裹紧比人情还薄的丝帛
踩着戎狄的虎尾
把惊恐和死亡丢给了丰、镐二京的黎民
破了胆的汁液污了泱泱王土　一片腥黑
普天之下　自此沦为收不回的网

秋风瑟瑟
仲尼还在赶路
仁爱隐藏在弱者的心中
强者的杀伐声只为称霸而歇斯底里
与正义无关

战争如果成为一个时代的主题
亲情、爱情、君臣之道都会被燎祭的灰烬掩盖
分合流转就在一阵阴风之间
这不——
韩赵魏顺手就砸了晋国的庙堂
周天子还送来封侯的诏令

国祚转手
七雄混战
个体性的、正义的历史
被社会性的、历史的正义统一
飘零的争鸣
在四海之内的异乡
流浪　最终是殊途同归的回荡

从春秋战国中梦起
在精神远游里醒来

现在　我更为确信
我们这个时代
应该有更多血性的泪水
献给
为人格塑造、道德重建、社会理想
而蹈义而死的士人

孤家寡人的梦

车裂自我
是孤独者的宿命
耕战百年
是对死亡的祭奠

谁下的诅咒
历史总是用英雄的鲜血
喂壮改写历史的虎狼之师

戴上猩红眼罩的骠骑
驾着商君的骸骨
没有捉迷藏的天真
只有因无畏而生的骁勇
"风"一阵厮杀
将敌人的右耳
装进爵位的囊袋
三棱箭镞的雨点
落满胜利的舆图
标注六国的抽泣
仇恨
串成冕冠的旒珠

你本该停在书同文、车同轨、行同伦的本纪
阿房终究伤心成野史

杀伐声在朝堂传诵
承命于天的符应从泰山跌落
万里枯骨成墙
骊山哀鸿一片

倚剑而活的汉子啊
经不住沙丘的几只蛆虫
荒诞的伟大
偶然的必然
被算计并改写成死亡

今天
又有多少孤家寡人
在深夜
有关徐福的梦　被揽入怀中
梦里是另一个始皇帝的故事

是条汉子,就把苦闷的夜凿空

和亲的公主　终其一生的假笑
没能温柔一柄弯刀

阴风飞沙
万千边民落地的头颅
艳了河套的
山丹花　低头谄媚
翘起兰花指
魅惑不了吃肉的铁骑匈奴

手起刀落
你斩断多少年少轻狂
边报简书　残了一地
从中　捡起一根节杖
指向　令你经脉梗塞的西域
王命如山
笔大如椽
历史的剧变常被冷汗与热血书写

张郎接过汉节
或是在暮春离开
十三载孤心血泪

归来时
百余枯骨成灰
终未带回一纸盟约

地腴物丰
果然是可以疗伤的乳酪
誓报胡仇的大月氏
肥成了低头的羔羊

昨夜你醉得比铜尊还重
梦里
高祖的头颅　也被制成单于的饮器
呓语才是最真实的信念
酒和俯首不是强国的解药

文明的种子收获不到野蛮者的同情
铁犁牛耕必须种出刀与戟
你不请　他自来
为何你不去他的穹庐大帐喝上一碗？

大汉天子
就不要赊账了吧

醉了派你小舅子去买单
若是拒收
再飞踏六次
最后　捎上马革一张
让伊稚斜试试死亡是否合身

冠军侯封狼居胥
太史公为你落笔——
是你　用节杖和汉弩　凿空
未央宫无数苦闷的夜
泪　沸腾过宝马
汗血入墨
晕染丝路繁花绽

天子与蛀虫

独裁
在阴暗处捉刀
阉割羸弱的自尊

原初的根茎
在家祠中腐烂
却在庙堂生殖

权力盘扎人性
扭曲塑型
专制主义的审美
裁剪不出历历阳光

人性虬结权力
枝丫异化
消解意义的命理
结出后汉的花梨瘿木

变异的幻象
美　成了丑恶的祭供
侍人与外戚挤出几滴忠君的泪
然后　在历史镜像的盲点交替欢呼

啃噬与交媾　在暗处
各自用正义的修辞掏空
刘氏王朝的脏腑

蛀虫是最会钻空子的园艺师
手不沾血
死也不见血
死亡　堆屑成景

竹林是另一种江湖

每个文士心中　都种有一畦竹林
竹林　是可以除冠卸甲的江湖
江湖　不在千里
在心灵的隐喻

林中对酒　是佯狂的修辞
比兴寄托觉醒，一杯
是自我意识的安慰
夸饰掩藏本真，一杯
是疏离世故的自在
迂回隐晦狷傲，再一杯
是可抒胸臆的释放

历史隆替
人生兴衰
干了五谷枯荣的凝露
玄之又玄的循环

醒时
无法醉去
以酒买醉的苦闷

醉去
不愿醒来
以酒解醒的伪装

卸不下的
才是真相

林中清淡
谁能辨得出江湖的真相？

他不配做一个情种

亲情死在亲手
欲望堆满荒冢
秃鹫　掏空你的心
本能继承的诅咒

索性把心腾空
让权力成瘾
然后孤独

孤独　用民脂民膏点亮
无情的自我　无尽的欲望
还有无边的假象

假象　到底是捡来的
盛世　开不出混元
载不来天宝
照不亮　坠落的昏暗

昏暗以至爱的名义发光
可
爱情死在爱过
龙塌多一个玩偶

任性　装饰着你的至高无上
明知故犯的迷幻
倦怠
靠吸食极致审美的毒
维系自我实现的迷幻

陛下叩羯鼓
禄山搂太真
最道是胡旋
天下看客　出一身香汗

荔枝出浴
洗净修感的身子
甜死了三彩的马
养肥了胡儿
大唐从此低血糖

无象限的权力和欲望结盟
英雄和罪人在历史的拐点　找不到坐标
理性昏睡
国运从抛物线顶点　急速下坠
马嵬坡只是个坠亡的记号

白绫束玉环
系不住江山崩塌
哭
如霓裳羽衣
不过
是你谱成的　没有灵魂的安魂曲
是《长恨歌》里　种下的几点句读

贵妃
你的三郎可曾说出这个秘密——
荔枝
本名唤作离枝
转瞬腐败的
爱情　早死在拥有

他不配做一个情种

是权力释放了人性之恶

分裂　撕开历史的
豁口。血雨腥风倾泻而入
统一性、有序性被淹没
窒息，是我想逃离的梦魇

逃？知识、理性和信仰已在现实中
吊死。睁着眼睛
看不见性善之光

权力释放人性之恶
狼性　成了最高的自然法则
征伐　厮杀
背叛　谋反
皇冠装饰肮脏
龙袍遮不住褥疮

欲望至上
麻木了五代十国六十帝
和命比草贱的百姓
在悲观主义中
活着，一切皆成偶然

暴戾和昏庸掷骰
鱼肉和刀俎嬗替
天知道下一把屠刀
会砍向哪只两脚羔羊的
头颅，落地如铅
字里行间埋下
尸骨成堆　能否长出
可以安枕百年的牢笼？

在豪迈中被优柔砸伤

加厚的黄袍
捂馊了将军的热血
敬一杯解甲归田的美酒
从此　铠胄消沉　瓦肆喧嚣
虚了官人和社稷的身子
好一本纪事本末　皆冗余

头戴簪花的主子
勾栏吟诗作画
胡虏大快朵颐
饱餐纵马　涂鸦大宋江山

耻辱研碾成末
在兔毫盏中
浮起　再沉沦

失败主义、侥幸心理　牵手夜市斗茶
喝它个山云水雾　煞白如花
婉约了千万子民

词　可以婉约
但我们　不可忘却
怒发冲冠、壮岁从戎与挑灯看剑的豪迈
豪迈中带泪

一个心里记不住眼泪的朝代和子民
惨死　腐烂和消亡的历史加速度
不屑于留下只字挽歌

英雄
有多硬铮　就有多优柔
又有几人　不是被优柔
砸伤

放翁归隐山阴
忘不了空瘦的人
稼轩落笔成词
蓦然回首，人在灯火阑珊

悲,在画中晕染成伤

羊群　从不是草原的主人
马胯下活着
温顺和孱弱无处藏身

那就
把头埋得比草低
看不见牧羊人的鞭子和屠刀
白云下　闭眼咀嚼昏暗

或是把心放逐
掏空入世的脏腑
将躯体横陈荒野
任由天地、时空、风雨定义生死
意义　成为审美者走不出的困境

家国与精神撕裂
士大夫在水墨中超越　重构残缺的理想:
有人摊开江山　泪水和墨
无根兰草　是笔中出剑的斩断
有人寄情山水　造境写意
诗书画印　抒发兼济天下的梦呓
有人大痴无我　浪迹四野

富春山居　一展秋色烟云　繁华落尽
两忘于江湖
有人醉卧青山　观黄鹤悠悠
落笔繁密　遮不住人生空廖
终究　被瘐死的荒唐题款
有人只傍清水　净化万象
胸中逸气决然　从此画中无人　心中无我
有人放声荻芦　渔隐独钓
占卜为生　算尽淡远人生的苔点
有人煮石治印　胭脂作梅
黑白间的乾坤　是清气离索的孤直

看吧，你们
一个个　用此生殉道　在来世永恒
我　却被画里的轮回
困住。悲伤是超脱的画外之音
悲，在画中
一百年　晕染成伤

李贽之死

一把老旧的剃刀
割向自己古稀的颈项

你真的太老了
连速死的力气都没有
殷红的血滴落　牢房愈加黑暗
三十不朝的笏板终究不会放过你的异端
整整两天
你能否数得清　他们在你血肉模糊的喉管撒了
几把盐

匍匐的卫道士
继续做犬吠状
给有明衔来一道催命的符
真是一群为万历搭棚守夜的好奴才

你蘸着尚有狂狷的热血
顺着命途多舛的生命线
在手掌写下冷毅的"不痛"二字
是的　心不再痛了
还有什么好痛的

痛的
应是项上枷锁重重的
大明王朝,从此断了不过三世的气
最终逃不过在历史的歪脖树上吊死
然后　也没什么好痛的

孤影
流干最后一滴茕茕孑立
心无挂碍地
将直节安于冢墓

你当真忘了
豫约中有关澹然大士的叮嘱吗?
你是想
借由燃为灰烬的祭纸
捎去不如归去的潜然?

兴许
她早已悟得
唯有九泉之下　菩提路上的
追随　才能与君拈花一笑

你真的该笑了。一开两朵的
莲花,与汝同寂,与汝同光

你真的该笑了。一生找寻的
童心,　焚书不焚,藏书不藏
在烈火与厚土中
自由

天山打马西望

草原肥美羊群
却滋养不了安详

里海的莲花
度不了罗曼诺夫王朝的权杖
嗜血，笑声干瘪　毡帐干瘪　乳房干瘪……

土尔扈特的马车、骆驼和雪橇
逃亡。一路埋下
多少冷箭、热血、短刀和长啸
一路又埋下　多少生命的记号

东归　太阳升起的地方
十万孤魂　祭献长生天
安宁　是家的赐予
沿着开都河　流淌

历史的短章
在巴音布鲁克生长
酥油草　强壮焉耆马的
翅膀，飞在那达慕的空旷

我打马走过
天山的长叹

一个泥里打滚的孩子
需要一些本体论的思考
洗净岁月红尘

而后
把童心扎根于大地
仰头安慰
另一个冥想的老者……

辑六 哲·思

"有意义"的原罪

生命意义的追寻
本应回溯到原始的胎心

可现实中
原始的胎心　消寂
于一片纯白的绵软　假象
让钢筋森林的无情更无情
让手术刀具的冰冷更冰冷

生命的意义还剩下什么？
生存？死亡？超越？
欲望无意义的印记
理性有意义的建构
还是情感超意义的混沌

浑浑噩噩中听到了金属诡谲地笑
笑声窜出嗖嗖凉气
麻木了我们的脊髓
末梢神经难以感知生命的本真

人生的路上
仅仅是

多了句厚颜无耻的座右铭——
受伤后总会成长

谁能想到
生命所预想的　优雅的转体动作
终究反转为意义的消解
无意义成了主角
原初的生命搏动随之飘逝

杀死意义的就是"有意义"的追问

攒了一堆走神的文字

他与世界的关系
通常是入神时思考的命题
他沉默地用键盘和公文体书写着
红头的争先创优和仿宋的瞻前顾后
并保持固定值 28 磅敬畏生活的行距

他与自己的关系
仿佛是走神时拾起的不经意
他几近忘乎所以的
低吟、呓语、疯话，还有张牙舞爪
像个野孩子
说着断断续续的病句
扯着《二十四史》的衣角
在大人们的嘴里和口袋里
撒一把叛逆的沙

请原谅他的无知
因为
他不知那是一堆硌牙的异物和沉重的负担
他只是天真地以为　那是一把香甜可口的炒米
是可以堆城堡的玩具

大人们不听解释
硬是把他关了纲常的禁闭
每个寂寥的夜晚
他暗暗发誓
要在人性的编年上
咬出一排野史的牙印
像是在主祭的脸上
盖上一枚猩红公章
并签署意见——
同意上报天庭

时间的绵延

这一时
春风摇荡
我无心观自在
只因心中全是你的容颜
仅存的记忆
全都是你

这一日
明净如洗
我抛却万古长空
只为在虚与实之间　寻觅你的影迹
一朝风月
将你凝聚眼中

这一月
莲花渐残
我独坐池边
只望一花幻化一世界
仅盼的依恋
全都是你

这一年
春夏秋冬
我常诵《六字大明咒》
只为六道轮回
愿你转世观世音
唵嘛呢叭咪吽

四个人的对话

我对她说
花是花
我不是我

她对我说
花非花
你还是你

佛对我说
花非你
你却将花视为你
你非她
她非把你变为她

香水

Perfume
拉丁文衍生而来的
迷幻
穿透烟雾
却未清醒

香水
总在时间中施展浪漫魔力
塑造历史
创造个人

它是一种味道
识别着外在的特质
它是一种气息
刻画着内里的追求

它是制造记忆的魔棒
记忆是关于过去的
如果淡忘了
它让我回想起来

假设存在着关于未来的记忆
如果我正期待
它能让我去追求吗?

想与不想之间

在
想与不想之间
有一个巨大的力场
时刻　揪着我的心
去填补虚无的空洞

青春
总是以匿名的、隐喻的
行动
让虚无显现

终究
还是一个试图

我
还是背着青春走向蜷缩吧！
没有中年的逗留
老得似乎很祥和

一生找寻的意义
还是那可感、可知、可得的实体吗？

不！
意义　不是靠有形的囤积
而是在　想与不想之间

记住还是忘却

记住你
是种牵挂
被你记住
是种幸福

忘却你
情非得已
忘却自己
是种解脱

因为须忘得彻底
所以记得更清
因为已记在心中
所以忘得更痛楚

记住还是忘却
非要在两者之间做出选择
我想
这终将是种煎熬

可否让两者在时间之流中交融
说不定
反倒化解了彼此的芥蒂
因为
记住或要忘却的
都是你

静物·夜

夜晚
是一种朦胧的空间
于此
我可以和暗部、静止、独立对话

回忆,在回忆的遗忘中　有念
深刻,在深刻的浅止处　有思
安静,在安静的癫狂时　有痴想
柔软,在柔软的疗伤后　有远方

四个角度的描摹
夜晚在心中着色
依旧可以是无光的灿烂
因为
夜晚,在夜晚的内心里　才有梦

回望
寻不见的
对话者
在光感的柔和处
在几何线条的瞬间捕捉中
终究是个躲在黑暗里
孤独的审美者

开往北方的火车

任何载着期待的事物
总是让人觉得速度太慢
没有比时间更长的时间
也没有比时间更短的时间

过去的时间不复存在
将来的时间尚未存在
对过去事物的记忆是关于过去事物的现在
对将来事物的期待是关于将来事物的现在

是啊
记忆和期待都归于现在
都归于心灵

我清楚这一点
奥古斯丁的心灵是上帝的心灵
如果他真的有

那
什么东西归于我之心灵
是过去和记忆?
是将来和期待?

对将来事物的期待是关于将来事物的现在
这句话　一节节出现在我的脑海
咔嚓　咔嚓
锈涩重复着

平行的轨道
去往的北方
在不在未来？

"不在家"的心

我与北方相见
雪却落在了南方

从没有烟囱的屋子
到寻不着主人的鸟窝
这是存在的变迁
还是时间的连亘
这也许就是——
海德格尔式的"不在家"的状态

人啊
或是在沉沦中寻找家
或是在本真中失去家
如此两难中
本体论的死亡
和良心的呼唤
便有了超越的意义

我究竟该如何存在哦？
这一生
未必有答案

如果有下辈子
我愿意做时间
它虽没有脚
却可以——
没有畏惧地　不紧不慢地
一路前行
回到那
炊烟袅袅和雏鸟归巢的
修止了的在场

蓝血月夜

心
乘着最近的距离
快马扬鞭
八百里加急
追赶这百年一现

百年的追
却没有换来百年的等
注定
冬日的遇见
更加地冷

食既
蓝光折向天狼
红光映在玉盘
蓝血月食
不是实体的辉煌
而是自我的遗忘

生光
天狗遁走
却唤来

两只野狗
一路
踩着我的影子
把悲情的灵魂拉远
足有九光年

今晚
夜空中最亮的星
始终不见踪影
但我知道——
无论在哪儿
总有颗暗淡的
白矮星与之为伴

血月
兴许就是
大犬星座跳动的心脏
瞬时的悸动
足以惊艳亿万的目光

复圆
压低帽檐
系紧围巾
用仅剩的温度
我
把月光带回了梦乡

局外人的幸福

天
像一页蓝色的情书
忧郁的心情在上面落不下任何笔触

云
像一支洁白的鹅毛笔
轻轻一挥
便可让愁绪飘向千里

我
自以为还是那握笔的人
可当
不经意间
格桑花跃入眼帘的那一瞬
它们只轻轻摇摆
旋即完成水彩一幅
印在了我的心中

此刻
我倒成了一张画布

画布上
留下的全是花草的肌肤　天地的脚步
和自然的音符

我却成了个局外人

其实
你与我
如能这般返璞
实现对自然的依附
这不恰恰是一种归真和幸福吗

逆光

因为我想看清你的轮廓
然而
忽略了你的泪痕
还有你内心的落寞
也许这就是所谓的舍得

逆光
你瘦弱的身躯
为我遮挡了那束刺目的强光
然而
我看不清你的唇红
还有你的酒窝
也许这就是宿命的结果

我调整心灵的镜头
意欲抓住你最绚丽的颜色
可是在你的身后
总有一束强光直射着我

我祈祷这是你圣洁的光环
指引我回归真爱的港湾
我会用我的执着

将刺目的强光化为月光那般柔和
神圣　温馨　摄人心魄
像一首每日唱诵的赞歌

逆光
我的心直面你那圣洁的光环
在心底留下你的影迹
善良　美丽　含情脉脉
像一幅隽秀舒展的画像

"意义"的追问者

欲望
是无意义的印记
理性
是有意义的构建
情感
是超意义的纠结

那么
沉沦
是否是反意义的自毁

是生存？是死亡？是超越？

意义预想的　优雅的转体动作
终究在追问中
反转为
惊起一片水花的　跌落

灵魂被重重地拍打
惊醒一只独居的　蜘蛛
网住了
一切自投罗网的
"意义"的追问者

雨季拓扑学的沉默

黏稠的空气
认知、良心和审美只能阴干
却又找不到一根晾晒心结的拐杖
可以拄着完整的阳光
走向半跛的未来

沉默
是雨季的霉斑
在厨房、在路上、在一米八的大床
我看到蚂蚁在搬家
看到追尾的车主打架
还有他人朋友圈里各种温度的阳光、沙滩

睁大缺觉四十年却又失眠一整夜的眼睛
看着、想着……
总该说些什么、写点什么吧
可还是下意识地捡起一张昨晚贴过颈椎的膏药
拍在了自己的嘴巴上　沉默
在脑袋里无限繁殖的"莫比乌斯带"
引我走在闭环之路上　无限循环
心情按拓扑学规律
破解沉默的猜想

究竟是
雨季让祖上的老木凳寄生的霉菌　开花
还是　虚弱的霉菌借老木凳　暂歇
等待骄阳似火里　舔舐自怨自艾的伤口

究竟是
我想发现沉默
还是　害怕被沉默发现

最终
把自己装进了"克莱因瓶"
任凭理性、情绪和试错
始终找不到内与外的分界
分不清沉默是由外而内　还是由内而外

沉默
在其连续性的形态变化中
始终不变其属性
沉
默
继续
在沉默中沉默

雕塑

紧握刻刀
削去冗余、时空隔阂和语义的分歧

谁都想把作品塑成
诗人的模样
灵与肉相通
黄金比例的梦想

可灵魂并不听使唤

看啦
它在柳叶刀尖跳跃
却逃不过被动语句的宿命

我相信
传神之眼
是
刻者的弥留之光
九死一生的虚脱
换来一瞬的神入

但
不要以为抓住了同一性

这世上能抓住的
也只有自己、多变和残喘
而不是刀、主动和诗意

原来
每个人都是自己的一尊雕塑

荒谬

白夜
孤独以悖谬之名
穿透心间

影子被拉长
当真就如影随形了吗?
有几人　不是被自己的影子牵着走

心灵被照亮
果然是如梦初醒了吗?
又有几人
不是被施以西西弗斯式的诅咒

光速的奔跑
让影子消失
静默的呐喊
让孤独归家
重复的宿命
让巨石颤抖

西西弗斯笑了
因为

巨石反倒是被他操控
甚至
命运都被他嘲弄
那——
还有什么苦痛

此刻
加缪做了和事佬
他理性地说道：
请
把世界还给人
把人还给自己
把自己交给灵魂

但
如果灵魂都是荒谬的
那——
还让人
何以存有？